五行歌集

コケコッコーの妻

桑本 明枝
Kuwamoto Akie

そらまめ文庫

目次

虹色のさかな

ふっと気がつくと
シヴァ神が　この身に居るようで
頭の中で　破壊と再生を
繰り返しては　とても騒がしい
勝手に　踊らせておく

ビット　バイト　キロ　メガ
ギガ
メモリー容量は進化し続け
掌《て》の上にいくつも銀河
何を書き込んでいこう

虹色の　さかなだ
私は
次々に現れる
光の模様に　見とれている
新しい　私　が生まれる……

青黒い　水の中で
ぴちゃり　ぴしゃり
白い腹を見せて跳ねる　魚
そんなところにいたのか……　私は。
水面の泡が　明け方の光を連れてくる

できたてほやほやの　ウタ
今日はじめて行く　ミニ歌会に出そうっと
獲りたてほやほやの　ウタだっせー！
ぴちぴち新鮮！　高《たこ》ぉ買《こ》うてんかぁあ
あほ！　魚《さかな》売りとちゃうっ

ウタ

突然の予感に
きゅうっと
肩首つかまれて
歌うなら
今

今
ウタができたから
揺らさず
文字に書いて
産んでしまいたいの

わたしの
内に響く
ちいさな音
大切にまもって
人のなかへ

他の誰
のために書く
というのだ
わたしの
ものがたりである

「なんで表現するんでしょうね」
文集作成の打ち上げで
真向いに座った六十代の女性《ひと》が
「私をわかってほしいと思うから」
答えながら　私もふるえる

まだもう少し
頭で書いている
もっと低く
腹の底から
響くようなことばで

玉も石も混じり合って
玉には
玉のかがやき
石には
石のあじわい

災害の最中に
読んで泣きました
と言われて
胸が
震える

障害の子を
学校に送り
雨上がりの帰りみち
うたごころ
胸いっぱいに広がる

この
あらしの中
新しいウタ
どんどん
生まれて来い

順風満帆の人生
ならば　ウタなど
うたわなかっただろう
いろいろ
あってこそ

あぁ　私
ほんまの言葉に
たどりついたんやなあ
飾りない素直な自分の言葉で
毎日　生きるの楽しい

佳作に載った
自作
何度も読み返し
確かめる
よし　丸裸になった

「下界は大変だね」
「パンデミック、体験したかったな」
「ちょっと、それ、不謹慎」
「気持ちしばれて、ええウタできるさ」
天国でそんな会話してるかな

胸の奥の怖れ

かんたんなことが
いちばん難しい
ぽつん　といわれた言葉
きつく　真実に
心を打つよ

海辺の小岩
ひっくり返すと
わらわらと逃げていく
生き物のよう　ひっそりと
胸の奥　怖れがある

やだ
私　怒ってる
いいよ　と笑う陰で
自分の小ささ　恥ずかしい
言葉にできないよ

んもうっ
わたし
って
どこまでもう
めんどくさい！

「ダイヤモンドの原石
見つけた　と思った」
と言った　あなたの言葉
いまも　わたしの
くらい道　照らす

「綱渡りで行き！
その方が早《は》よ行ける」
と言われて
怖いったら　ありゃしない
どひゃーっ　と笑顔で走り切る

「ノラにおなり」
フェミニストの友の
放つ言葉は
つよく
やさしい

裏切られ感がすごいけど
そんなひとって
心のどこかでわかってた
やっぱり
そんなひとやってん

あほやったし　私
これからも　あほやろけど
友達にだけは
恵まれてる　と思う
あほやから　かもしれん

自閉症の息子

壁紙はがしがやめられない
自閉症の子
どこが不満だと聞いても
無言でべりべりべり～
夏休み初日　この宿題は手ごわい

知育玩具のチラシを
つい　見てしまう
やり残した宿題のように
十四歳の自閉症の
息子がいる

飛び出して
轢かれるぞと言われながら
問題行動を止められない
息子と共に 生きている
落ち着け　とにかく
生きているのだ

ぴんと
背すじを立て
舞台の上を歩くように
自閉症の息子の
三者面談に向かう

生後五日の女児刺殺される
テレビのニュースを
停学中の息子と見てる
いろんなことがあるなぁ
お前　どうすんねん

多動の子を追って
土砂降りの中
薄暮の住宅街を
捜し歩く
ここが　私の戦場

あまり嬉しくないが
それでも大切なお役なんだろう
重度障害児の母であることは
泣きながらでもいい
胸を張って　生きる

泣くな

泣くな
私なりに　がんばった
精一杯やった　と
自分をほめて　いい
泣くな　泣くな

いくら考えても
前に進めないから
無理です
と
自分に言う

さびしい　さびしい
さびしい　さびしい
さびしい　と言って
さびしい　を
きゅうっと　抱く

ええやん　それで
と　こころが言う
こころが　そう
言うんやから
ええかぁ　これで

泣き笑い
て
ほんま
泣き　があっての
笑い　やねん

いくらでも
幸せになれる
いくらでも
不幸になれる
心　次第

赤やピンクが散ってから
白いチューリップ花開く
ひょろっと長く伸びた茎
私だ
と思った

あなた
きれいだよ
ベランダの花に言ったら
ありがとう　あなたも
だって

アスファルトの隙間から
芽を出し花を咲かせてる
こんなとこに生えてオレ不幸とか
明日引き抜かれるかもしれん
なんて草は考えないね

踏まれても踏まれても
起ち上がる
私は黄色いタンポポだ
どんな時も
笑顔で咲く

頭抱えて座りこんでるけど
次に進む勇気
養ってるんだ
あきらめてる
わけじゃない

メンタル私弱いと
思ってたけど
違うかもしれん
土壇場で重低音
「どすこい！」と踏んばる

一丸となって
って聞くと
ちょっと　やだな
支え合って　の方が
勇気がわいてくる

予定調和に向かって
ひた進む
それでいいじゃん
崖っぷちから平凡目ざす
できればしあわせ大団円

心に傷があると
ひとの話がちゃんと
聴けないという
傷だ傷だ　私は傷だらけだ
ひとの話が聴けない

おやすみ
今日の私は死んで
明日の私が生まれる
抱きしめて
おやすみなさい

カオナシのつれ

踏みつけにして　なお
踏み心地が悪い
と　文句つけてるような
夫よ　ひとりで
立っていけ

一等地の高層本社ビルの一室で
四十〜五十代の大卒社員数十人
履歴書の書き方　面接の受け方を
ひたすら学ぶ　現実とは思えない
それをやってきた　と夫は言う

心が冷たくなるような
言葉を投げてくる
夫よ　そんなに寒いのか
温もりたくて
私に言うのか

先に起きてきた息子
舌打ちして
夫そっくりの口調で
ぶつぶつ何か言っている
おお、おお、嫌だこと

わたしの願いは
怒鳴らないひとと暮らすこと
何かあった時に「おや、困ったね」
なんて言う男と
暮らしてみたい

「あなたの愛する妻よ♪」
と言うと　むっと無言
で　まんざらでもなさそう
言うてやらんと　男は
輝かんのやなぁ

新しい職場で　上司と
夫の悪口で盛り上がる
どうしてこんなに
盛り上ってしまうんだろう
・・・いかん！

不平不満の多い夫
鋭い言葉が胸に刺さる
でも　出会うひとは
皆　神さま
辛辣な神さまも　要るよね

「死んでまえっ！」
夫にそう投げつけて
自転車に乗り
予定どおり外出
ああ、すきっとしたぁ

まるまると太った
青森産のにんにく
スーパーで買う
香辛料が嫌いな夫の出張中
籠に入れると不貞の気分

時々　夫はかわいい
ケツの穴の小さい男と
周囲にも言われるけど
養ってもろてるし
捨てられへんわ　私

コケコッコーの妻

「雨降って　地固まる
に　しようね♪」
「雨降って　地崩れ！」
おもろい　大阪の夫婦や
やってけるわぁ

「え、じゃあ、オレ　アッキーの
仔猫チャンだったの？」
ふふっ　今頃わかったか
５つ年下の妻の
掌で　喉ゴロゴロ

見て欲しいのだ
聞いて欲しいのだ
うん　と頷き
やさしく
愛して欲しいのだ

「俺の誕生日は？」
「マイケル・ジャクソンの三日後」
と答えるとむくれる
つれあい　五十九歳
かわいい

可愛いね、死ぬまでよろしく。愛してる
心の底で思ってること
代わりに全部言ってあげるから
「うん、そう」って
あなたは頷いてりゃいいのよ

夫をこけにした作品が　巻頭に
おそるおそる見せると
「でも、これ　アッキーの
つくった世界の中のことでしょ」
わぉん　そおゆうとこが好き

ごめんと言えない夫
人として
と迫ると
コケコッコーって
ニワトリのふりをする

「何様のつもりや！」
怒鳴ってくるから
「奥様！」
あんたの可愛い奥様や
忘れたらあかんで

道に行き倒れになってたネコ
髪の毛ツンツンセキセイインコ
俺の背に乗ってくるヤモリ
夫が　私に抱く
ファンタジー

パンダとシロクマ
キーウィとタツノオトシゴ
灰色の絶滅危惧種Tシャツで
夫とペアルック
うふふふふふふ

「起きてよ、奥さん！」

「王子さまのキッス〜ぅ」

「よし！」

コチョコチョコチョしにくる
夫

「パパた〜ん」と呼ぶと
「はいはい、アッキー」
大きな荷物は私が持って
堂々と
夫の前を歩くのだ

家事がヘタだと
責められて
可愛いだけでごめんね
にっこりしたら
テキは目を白黒

「死にそう」
と
夫はすぐ言う
「死なない人間はいない！」
喝を入れてやる

オーストラリアの森林火災
報道に涙する
私の横で
夫がボソッと
「コアラの焼肉」

夫が私を「アッキー」と呼ぶので
「アッキー」の枕詞を
「かわいい」にしました
これからは「かわいいアッキー」
と呼んでね

我が家の夫婦喧嘩の
最終局面《ステージ》はワンニャン合戦
ワンワンワンっ！　にゃんにゃお～ん！
噛みつきません
舐めます

「おい、大変だ
タオルの醤油漬けが
できてしまったよ」
ものは言いようですね
ダンナさま

セミの声に
包まれて
夫　出陣す
いや　出勤ですが
なんかそんな気分

オペラな日々

水の中大きく伸ばした
あさりの足に手が触れて
ひやぁああっとする
これからバターで
炒めてあんたを食う

見なかったフリ
夜中にナメクジ
なんて
いなかった
見なかった

トイレが大好き
アッキーちゃん～
だれよりも　いちばん好き～♪
って　歌いながら用足しに
オペラな我が家

パパ様、かえるコールありがとう。
夕食も、明日のお弁当も
愛情こめて作らせていただきますね！
普通にメール返したつもりだけど
なんかこわくないか、これ

スマホで夜更かし
お腹が空いて
昨夜のみそ汁　台所で飲んだ
ぴちゃぴちゃ
化け猫になった気分

夜中にスマホで
五行歌書いてて
はっと気づくと
もひひひひひひひひひひひひ
ひひひひひひひひひひひひひひ

急にアイスが食べたくなって
コンビニ行ったら
ナッツチョコバー頬張って
出てきたおじさんと目が合って
萎えるなぁ　もう〜

牡の子二人

出征《しゅっせい》 なんて言葉
この世からなくなればいい と
小三の国語の教科書見ながら
泣いている この語の
読みは覚えんでよろしい

牡《おす》 の子
二人
眠る部屋
窓を開けて
北風を入れる

子の差し出す
難問に
ひるむな
考えろ
ここが私の正念場

縋りついてくる
子の手をとって
浅瀬を探しながら
どうどうと流れる川
なんとか　向こう岸へ

いつかは負ける
ゲームに興じる子
母さんは　そんなスリル
毎日の生活だけで
もう　十分

「負ける」しか見えない
弱さを抱えた私の子
それを超えていけとは言わない
その中で気持ちよく
生きていってくれ

一本の矢

まっすぐと
わたしを貫いて
行き先を記す
矢
となって下さい

深いところから
思いが
いのちを連れて
立ち上ってくるような
恋がいい

不実
と責める
なら
心を
奪《と》ってみろ

あなた
豊かな水となって
わたしの渇きを
満たしてください。
無理なお願いなの？

メールでも
人柄が知れる
ああ
このやさしさは
この人の本質

ふれてはいけない
大切な宝物
といわれた気がする
・・・ふれても
いいんだけどな

きゅっと　胸が痛んで
微笑んで
うそだ　といいな
と思う
本当　なんだろな

「桑本さん」と呼ばれて
かすかにいたむ
あなたには
下の名で
呼ばれたいのだ

「本当にボクのこと　好きなの」
振り向いて悲鳴のように
あなたが無言で訊いたから
私の中の真実に気づく
——ウソだろ

後だしジャンケンみたい
笑って
あなた　ずるい
好きって
言っちゃったよ

貴方も行くの
ふーん
と頷いて
隠しきれない
うれしさ

言い寄らない
見つめるだけ
自分の気持ちも否定する
そんな男に
恋をした

なんでもウタにしようとするの
やめたらいいいね
きのう　あなたにもらった
ことば　キラキラ
そっと見ている

見つめるだけの
恋
熱を帯びたまなざしが
やさしさにかわっていく
ずっと近くにいたんだね

あなたにもらったのは
信頼
明るく
私の胸に咲く
好き　という言葉よりやさしい

スティグマ

じゅっ　と肉の焦げた
音と匂い
烙印を押された
という記憶が
不意に立ちのぼる

黙っていれば
分からない
けれど
烙印を押された
女だと自覚する

いつも柔らかい言葉を使う
女性《ひと》が　ふと
スティグマ　と言って
切なげに微笑んだから
共感が止まらない

辺境の地では
物事がやたら
くっきりと見える
敢えてこの地を選んだ者
ここでしか生きていけない者

砂漠の向こうに
何があるのか
杖を向けたその先に
希望の未来を
見つめられるか

ことばが
どこからやってくるのか
わからない　ただ
突然　確かな景色を形作り
そこへ　と導かれていく

つながる力は
女性のほうがたくさん
持っているに違いない
貴女は何かに
隷属させられていませんか

「お前は違う」と
刻印されたしるし
ぺろりと見て
「いや　同じ人間だ」と
朗らかに言う

四季のあじわい

白いウメの花が
陽の光りを浴びて
「うれしいうれしい」って
うたっているような
朝

菜の花の向かいの畝に
白いえんどう豆の花
子を送った帰り道は
のびやかに
心が自然にとけてゆく

土を落とし
薄皮をはぐと
白々と　らっきょう
わたしの心も共に
洗われてある

脳天つんざくほど
トマトが
美味しい
きゅうりも美味しい
わぁい♪　夏

六車線の道路に
赤信号が灯ると
緑の街路樹の中に
一斉に赤、赤、赤
御堂筋　夏本番

冷えた
葡萄は
夏の贈りもの
くちづけするように
いただく

昨日嵐が通り過ぎ
揺れるゆり
ちいさな庭に
光が
いっぱい

カアカアカアと鳴くから
はいはいはい　と
思わず返事した
向かいの屋根から
カラスがこっちを視てる

銀杏並木の葉が
浅緑から黄蘗《きはだ》に色づいて
通りの向こうから　秋が
歌いながら
やって来る

モールの入口
前を行く長身の男性が
落としていったのか
灰色の
鳥の羽根一枚

一面の黄金野
いわし雲
カラスの声が響く夕
黒い服に身を包んだ男が
ゆっくり畔を遠ざかっていく

今日はまた
見事な空の雲
大きなサメの腹の下
自転車を
ゆうゆうと漕いでいく

「こっちよぉ。こっち」
通りに響く
女の子の声
この世で怖いものなどない
というような声だ

木枯らしの向こうから
ぶおおおぅと
法螺貝掲げて白装束の老人が
現れ出そうな夕刻
帰路を急ぐ

玄関出たら　粉雪ちらっ
ご近所さんが
肩をすくめて
「寒いですよ～」
と声かけてくれる

ゴミと思って
拾おうとかがんだら
羽を畳んだ蝶だった
道端に　息をひそめて
白い蝶

羽をたたんで
ひっそりと呼吸する
むねの内に
冬の蝶を
飼っている

神をつくったのは人間で
その人間をつくったのは
神だ
洗濯物を干しながら
ふと思う

障害児の母

障害の子を授かって
生きる
という意味を
学んでいく
日々確信を深めていく

上手い　とか　下手　とか
蹴飛ばして
通っていく
思いの強さだけは
負けない

下手やなぁ　とは
激励の言葉
上手にやれ
と言われたのだ
あなたなら　できる

言葉で伝える　って
どういうことなんだろう
ずっと考えている
自閉症の子の親だから
ということだけではなく

自閉症の息子と
歩くと
街は　舞台だ
私は
助演女優賞をもらう

この子と共に
喜怒哀楽すべてを
生きていきたい
障害児だからと
哀と怒　だけじゃいや

実家への昔の手紙
めぐまれてる
しあわせもの
とやたら私は書いてて
胸を衝かれる

こんな子でなくて
うちの子はよかった
と思われてもかまわない
障害を持つ子を連れて
冬休み　事務所に納品

結局は
私の生き方
障害の子と共に
生きてきた
年月とか

クリスマス・イブ
最寄りの駅で
自閉症の息子とはぐれる
無事に帰ってくるか
と　下の子の夕食を整える

定員割れで
重度の療育手帳を持つ
自閉症児が公立高校合格
奇跡が
本当になった

支援学校に電話して
入学辞退を申し出る
おめでとうございます
と言われ
照れる

障害の
子の
問題で問われる
母の覚悟
まだまだ　足りない

＝いい人になってください。
自閉症の息子に
「筆談」で励まされる
＝アッキーなら、
なれる。

「満月！」
わざと間違って
私の顔を見る
自閉症の息子
うん　三日月
とってもきれいだね

知恵の実を食む
前の　アダムだ
重度の自閉症の息子は
ニコニコと
十六の裸体で立つ

重度の障害を持つ
息子と一緒にいると
考えることがいっぱいあって
おかあさんは
哲学者になる

いっしょに歩くと
私は変顔になる
駅名を大声で唱える
十八歳の自閉症の息子と
笑いで生存権を掠め取る

期限付き職員採用試験の朝も
障害の息子がトイレいたずら
これで、運が付いた！
なんて
言ってみる

障害児の先輩母が
血と涙で拓いてきた道
泣き呻きながら私も来た
一足でも遠くまで行き
次の世代にわたす

茨の道を歩いてきたんだ
障害児・者の母の会は
つわもの揃い
笑顔が超美人だったりして
こわいったら　もう

「ここにいるお母さんたち
ふつうに見えるけど
みんなすごい人たちよ」
障害者のスポーツ活動で
先輩母の言葉に頷く

おまつりで出会った
養護学校時代の息子の友達
ガイドヘルパーさん二人と一緒
三年ぶりなのに覚えてくれてて嬉しい
言葉は交わさなくても笑顔で伝わる

とぼとぼ歩いて行くおばあさんを
自転車で追い越す
じっと見られたら
「自分の足で歩けるってすてきですね」と
笑顔で言える自信がある

緊張した顔つきで
車椅子を自走して
電車に乗るひと
笑顔で外出
できるようになればいいね

強度行動障害の青年は
びっくりするほど澄んだ瞳
とってもきれいだね
微笑みかけると
ふっと笑みが宿る

買いたい時間

六月一日　月曜　晴れ

主婦の身に
衣替えは　ないが
すがしい気持ちで
子らを　送る

「こんなお店で　一人
ランチ食べようなんて思わない」
独身の義妹《いもうと》は言うけど
家族持ちの私は　一人の
そんな時間が買いたい

「お前　ほんまに
やくざやなぁ・・・」
真顔でつぶやかれて
勲章に
聞こえる

聖人君子もいれば
泥棒やホラ吹きも
多様性が社会をつくる
さて　人を殺めぬ程度に
どこまで　自分を貫けるか

高く飛ぶのは
プライド
ではなく
重力から
自由になること

思いきり生きているひとの
前に並ばされた
跳べ　と言われているのかと思う
墜ちても
生きていける

女は
大義名分では
死なない
いつも　命と
共に在るから

このクソあほんだらぁ
と　つい
一息で言ってしまう
どアホな私の内面を
だれか　わかって

ウソをつくなら
特大の
うしろから
ほんとうが
追いかけてくる

にっこり笑って
周りに合わせてるけど
本当は私
飴ちゃんきらい
パンダは怖い

「自由にはばたけ」と
引いたカードに出た
え？　いいの？
指先から　空の色に
染まってゆく

詮索されず
群衆に埋没する自由
三代前まで熟知する村仲間の
昔はよかったなんて
絶対いわない

ないんです

流産の数さえ
羨ましい
セックスレスの身である
何事もないのはしあわせ
頭は　そう言うが

毎日夫から求められて
きつい　とこぼす友に
大変ね　と言いながら
私の一生分は彼女の三か月に満たない
と思うと　烈火

芸は売っても身は売らぬ
身は売っても心は・・・
五十四歳
この身　売れるものなら

余分なこと
どんどん
考えそうになるから
頭に鍵をかけて
もう　しゃべるな

恋じゃなくて
愛になればいいのよ
美輪明宏の言葉に
あまり深く頷けるのは
面白くない

「そうかぁ、知らないのか
残念だね　私は、知ってるよ
女の歓び」
離婚した友に言われて
夫の背中 蹴っ飛ばしてやりたい

結婚しなくても
セックスしてもらえるなんて
信じられない羨ましい
結婚式まで手を出してもらえへんって
なんで私はそうなるの？

生活の伴侶、精神の糧、
肉体の充足
三人の男が私には必要だ
肉体の男が見つからない
一度でいい　充たされたい

一度だけと
乞うのは
わたしの方
女神は
自ら降りていかねば

妄想劇場

あらゆる女の胎《はら》で
今も　あなたの
子を産んでいる
イザナギよ
わたしを覚えているか

うつくしく
異形でありたい
どちらかだけ
だと
つまらない

うわっと沸いて
押し殺そうとする
瞳の色見ちゃったら
私だって
雌犬の匂い

いつでもいっしょ
ぴっ　と鳴ったら
君の掌に包まれる
ケータイに　私は
なりたいなぁ

珠の飾りに
頬そめて
花嫁は　贄
家という魔物の口に
飛び込んでいく

アフリカの太鼓
ジャンベを教えてもらった
こう　叩くんだよ
掌で　わたしの体
やさしく打たれるような　錯覚

スイート
甘く
せつない
お菓子　じゃないよ
恋　のお話

「あきえちゃん?」
名前で呼ぶなんて
この野郎　出世したな
三十五年前の
マドンナに向かって

いろいろ愛してみたい　男
たっぷり一人に愛されたい　女
実は　男は可愛がられたい
女は　よしよししてやりたい
お互いわからず　右往左往

釜ヶ崎の無名墓を
見てみない　って
誘惑にしちゃ変わったお誘い
もちろん行きます
誘惑　好き

「アッキー、ビッチよ！
思いっきり悪女のフリで」
ダンスの先生が叫ぶ
わたしに　イヌになれ
というか

＊ビッチ：bitch ＝雌犬

エイプリルフールは
体調崩して一日寝てて
一つのうそもつけず終わりました
まっ正直に生きてりゃ
そんなこともある

からだの底から
蕩けて甘い
ダイエットの秘訣は
ひとりか二人
男をこっそり食べること

違うわ
愛の結果は不幸よ
プリキュア悪の女王が言う
ん～　不幸の味もまた愉し
おとなはそうでなくっちゃね♪

「あなたは退廃のひとだ
結婚してください・・・」
精神病院で告られた
なんて　傷
いや　勲章かも

困った人のことで
大好きな人と一緒に
対応に追われる
額寄せ合うって感じで
こりゃ、役得

そこで暗い顔せず
かかかっ　笑うんや
全然ちがう世界になるで
常識の枠から　自由に
飛んでみなはれ

あのひとって
やさしくて、しつこそうだな
もしまぐわったら
など想像してみる
還暦同窓会翌日

妻の友人見つめるなんて
男なら　もっと
雄大な夢抱いたら?
「今日見つめられたよ~♪」
帰宅後夫に自慢してやる

薄紅の
竜の舌に舐られる
恍惚
桜の季節は
おかしな夢を見る

夢のなか　白い防護服を
着た者たちがやって来る
「私は鳥ではない。ヒトだ！」
叫ぶと「それならなおさら」
とくぐもった声が返ってくる

シダレザクラ：枝垂れ性は
遺伝的に劣性であるため、
シダレザクラの子であっても
枝垂れない個体が生まれることがある。
　　いじめられないのだろうか

家族

雪国で生まれ育ったなら
灰色の空も分厚い雪も
そんなものだと思ったろう
家族の暴力から逃れ
雪降る町で空を見上げる

引きこもり回復途上の
弟と　特養で
認知症の母を囲み
笑顔で語る
長い年月

明日は咲くか
と眠り
花の夢を見る
父さんの植えた桜が咲いたと
引きこもりの弟から便りが届く

家族の署名を求められ
母の病名を知る
それ以外ないじゃないかと
思いながら　動揺している
隠すように　微笑む

大好きだった
もっと愛されたかったんだ
還暦過ぎて
ようやく分かる
娘の母恋い

言いたいことを言って
人は死んでいくのね
「貴女に会えたのが、人生で最高の幸せ♡」
堅物で通した義父が
看護実習生の手を握りしめてる

いいひとが来てくれたって
喜んでくれてたのに
女で顔ついてたら
誰でもよかったって
お義母《かあ》さん　あんまりやで

「そりゃあ、彼岸《あっち》で
いい人ができたんですよ～」
夫のお迎えが来ないと訴える
91の義母《はは》にかかりつけの医師《せんせい》
ナイスな返し

時事雑感

風評被害と聞くと
本当に腹が立つ
風に乗って散ったのは
言葉だけ
というのか

戦後　という
言葉が消えて
震災後　私たちは
ひっそりと恐怖のなか
放射能と共に生きる

新治療発見と
テレビに映る医学部
教授のむくんだ顔
命を削って　人は
仕事をするんだ

フラッシュに迎えられ
無言の帰宅
政府専用機に
民間人が乗る
ということは

かさばらず軽い
使い勝手の良い
線量計が
育児雑誌に載っている
２０１３年　ニッポン

無理心中って
殺人やねんで
殺すなら 子を捨てろ
あんたの責任やないって
社会で抱きしめてやる

少年犯罪は減少している
凶悪化もしていない
有識者が皆そう言っているのに
ことさらに言い立てる
政府こそ　凶悪化してるんちゃうか

すべての正義は
死屍累々
私の正義が あなたを殺す
そんな言葉　もう
捨ててみないか

幼児を迎えに行った母、警官
テロで殺された人の姿は伝えるが
空爆死者は三桁の数字だけ
白いひとの
論理

「この娘《こ》を撮ってくれ！」
撃たれた少女を抱いて叫ぶ
ターバンを巻いた若い父親
これはやらせだと
誰か言ってくれ

メダルに沸く
オリンピック
パラリンピック
なんでそんなに
勝たんといかんのや

２０１６年立ち向かうべき問題は？
って、池上彰さん
立ち向かわんでええやん
愛でくるむんや
それでしか解決できひん、ほんまやで

エイプリルフール
に
新元号発表
政府
やるなぁ

卒業するまでは　学力
社会に出れば　金
私たちの国で
人間は
そういう指標で計られる

難民のこの子らを生んだのは
私らだとは考えないのか
たとえば　武器メーカーに
融資を行ってきた
日本の三大メガバンク

母子家庭の平均年収は
生活保護レベル以下
個人の責任と片づけて済ます
この国は
児童虐待の国

生活保護申請急増中と
ニュースは報じる
それだけの人が生活に困窮していた
これから文化的生活を送れるようになる
とは言わない

パリ、ニューヨーク、ニューデリー
テレビに映る無人の街角
スケート場に並べられた棺
息をつめて眺める
２０２０年３月

雨の匂いがする
空はまだ明るい
仕事が終わり
自粛要請の解けた街へ
うっとりと不安げに帰る

「ＧｏＴｏトラベル」と言おうとして
「ＧｏＴｏトラブル」と言って
みんなに笑われ
その後
し〜〜ん

「安全な場所におられますか?」
で始まる現場中継
2021年3月　10年後の余震
東北で起きた地震情報を
テレビは流し続ける

大阪のご近所さん

「電車来たから、
切るで。切る、切るぅ」
おばちゃん、ええから
はよ　携帯切って
電車乗りぃな

新緑輝く庭から現れた
お向かいの奥さん
「主人や子どもたちより
うーんと可愛いの」
二匹のダックスフントとお散歩

体育祭で
半周遅れの子どもに
「頑張れぇ！」と叫ぶ
おっちゃん
好きやでぇ

「英語、7点やってん」
思いきって点数言ったら
「うちの子も」って
手をとり合って大盛り上がり
何ごとも自己開示からやねぇ

これどう書くの？
職場でかんかんがくがく
「失礼になるより
馬鹿と思われた方が・・・」
大爆笑で　私の意見採択

大阪はあかんなぁ
と言うとき
私の胸は郷土愛に燃えている
よそのもんが言ったら
許さんで

嵐に血道あげてるママ友に
「すごいね」って言ったら
「発散や。隣のおっさん
好きになったら大変やろ」って
大阪の女子《おなご》はごっついわ

「オレのカバン
ゴミ屋敷や」
空いた電車の中で
級友と談笑する
ゲジゲジ眉毛の高校生

笑い、獲ったったぁ・・・
笑われたら　怒りより
なぜか得意に感じる
大阪人
平和やで

張り合う気持ちが抜けない
感染者ダントツ一位　東京都
二位　大阪府
神奈川にも愛知にも勝ってるで~
って　こんなところで勝っても

勝手に言いたまえ

トイレ掃除の素晴らしさを
滔々と語る男性
「そんなん、いつでもやってるわ」
小声で漏らした
老婦人の慎み

「父なしごやったから」
ぽろりこぼれた言葉
このひとの底なしの
やさしさは
そこからきたのだったか

「年齢必死で隠す
女の人って不思議」
「『私、八十×歳なの』て
自信たっぷりに言われるのもねぇ」
男ども　勝手に言いたまえ

議論の末に
つかみ合いになったって
関東のおひとは理屈がお好きやねぇ
こっちやったら「まあ、ええやん」て
肩たたき合っておしまい

「アイツ来るんやったらオレ休む」
なんて言ってたのに
いざ顔見たら
「僕らの勉強会にも来ぇ《け》へん？」
私、人間不信になりそう

んなこと知ってるわ
でもすぐにはできんやろ
偉そうに余計なお世話じゃボケナス
とは言わずに　ご助言ありがとう
とにっこり

死んだらあかん

死んだらあかん
戦争で殺されたらあかん
働き過ぎて病気になってもあかん
身も心も捧げるなんて
絶対　あかんねんで

ねぇ
うつ病は真面目なひと
統合失調症は心優しいひとが
なるんやで
知ってる？

笑顔でいれば
きっと　いいこと
やって来るよ
泣きたい時こそ
にっこり

私に誇れるのは
次々襲い来る
しょうもない家族の困難を
へたりながらも越えてきたことだな
還暦同窓会で笑う

「うちも息子が精神病んでね」
ホテルの同窓会
旧友が小声で話しかけてくる
弱みをさらして生きていれば
こんな出会いもある

ふわっと
笑顔の中心が崩れて
そのままの表情《かお》で泣いているよう
うそでしょ　貴女
離婚だなんて

今日も人身事故で
電車が止まる
死ぬ気で頑張れ
なんて
もう　言えない

逃げたらあかん
とよく言うけれど
命だけを抱きしめて
逃げろ　と私は言いたい
今日も電車が止まった

息子、自閉症、二十五歳

どんなことでも
いいことに変えていって
やろうじゃないか
笑って通る
障害児の母のど根性

失うものがないから
なんでも言える
怖いものなどない
うははと笑う
障害児の母

ねぇ、本当は
泣いているんだ
もっといろいろ
できればいいのに
能力ってなんだろうね

この界隈
頭を上げて歩けませんね
と　ばあちゃんと笑う
いたずら迷惑行為激しい息子
周囲に見守られてきた

この子
わかんないんだからと
身を挺して息子を庇ってくれた
お隣のおばちゃん
お向かいのおばあちゃん

他人のことならよく見えるのに
盆にのせたコーヒーカップ
ゆっくり運んでくる
福祉カフェの店員の真面目さに
感動できるのに

ゆっくり学んでいく
生きるということ
生老病死
障害者の母として
還暦を迎えた女性として

ぜんぶ
よかった
と
死ぬ前に
笑えればいい

病に倒れる前
死ぬ前に
子どもの将来をと
親の会の話し合いでは
そんな話が真剣味を増してきた

市役所のワーカーさんとか
古くからの事業所の職員さんとか
相談できる人が何人もいて
私は幸せもの
と思う

障害を持つ
息子のことを書けば
いくらでもうたが生まれる
ステレオタイプな
作歌法すら整備されてる

人生に「上がり」はないから
いくつになっても
悩み事は生まれてくるんだ
それにしても障害を持つ子の
親亡き後を託せるところが欲しい

もうボロボロですねぇ
なんて言いながら
笑ってる
仕事があって
障害者の息子がいて

独語激しい息子がぼそっと
「まさか、私がハンザイシャ・・・」
ほんまいろいろやってくれたね
当時の非難の声が
今ごろ心に刺さってくる

ぎゃっ　こんなところに
よだれの海
「よだれ天国〜♪」
と言ってみる
不思議に楽しくなってくる

土足でなだれこんで
大声でがなりたてても
耳を傾けさせてしまう
どこか妙な自信を
身につけてしまった

私の息子は
いちびりの自閉症者
にっと笑って問題起こす
ほんまもう
鍛えられまっせ

この頃
浮かぶのは
幼かった頃の息子の姿
大きな目がかわいかった
福耳だとほめられた
障害なんて言葉知らなかった

跋

草壁焰太

実にいろいろな歌を書かれる方だと思っていた。それは才能がありすぎるからだとも。どんなに歌い方を変えても、歌として成立させてしまう。
それで、歌集を作る時、まとめ方が大変かもしれないとも。

それは大間違いだったと、草稿を見て思った。さまざまな歌は、ぜんぶ絡まり合い、総体として立ち上がっている。いや、歩き続けている、というべきか。歌集を読んで、私は、彼女が歩いているときの横顔のようなものを思い浮かべた。
それが桑本明枝さん、アッキーの正体である。逃げも隠れもしない、才能と努力と明るい心の人である。

虹色の　さかなだ　障害の子を
私は　学校に送り
次々に現れる　雨上がりの帰りみち

光の模様に　見とれている
新しい　私　が生まれる……

あぁ　私
ほんまの言葉に
たどりついたんやなあ
飾りない素直な自分の言葉で
毎日　生きるの楽しい

うたごころ
胸いっぱいに広がる

ええやん　それで
と　こころが言う
こころが　そう
言うんやから
ええかぁ　これで

冒頭からの数章は、自在な言葉で作られたすばらしい生きた呼吸の歌で、占められている。これが歌だよ、と私はうきうきして読む。大阪弁を使った歌も、心のしなりを自在に表して楽しい。よその言葉では、できないかけひきがここの言葉にはある。夫についての歌は、どこまでもおどけて、心を和ませる。彼女は、きっと楽しさを作り出しているのだろう。
私が二十数年、いっしょに歌を書いてきて、桑本さんを認めたのは、妄想劇場の中の二首である。

「あきえちゃん？」
名前で呼ぶなんて
この野郎　出世したな
三十五年前の
マドンナに向かって

「アッキー、ビッチよ！
思いっきり悪女のフリで」
ダンスの先生が叫ぶ
わたしに　イヌになれ
というか　　＊ビッチ：bitch ＝雌犬

この人は、そうやると決めたら、どんな作り方もできる人だなと思った。奔放に作っている歌は、ぜんぶ言葉が生きていて、違った呼吸で成る。だが、何が真実かというと、奔放な才能の世界だけでは物足りないであろう。後半、彼女のほんとうの重いところも、そのままに歌われている。どんなに重かっただろう。

この界隈
頭を上げて歩けませんね
と　ばあちゃんと笑う
いたずら迷惑行為激しい息子
周囲に見守られてきた
どんなことでも
いいことに変えていって
やろうじゃないか
笑って通る
障害児の母のど根性

障害児（者）の母は、みんなすごい人だという歌もあった。その一連の歌に、私は読んでよかったと思った。桑本さんがいるから、わかったことだ。十分ではないにせよ、私には荷物一つなかったとさえ思える。
彼女の才能、心の明るさは、だからこそ、素晴らしいものだ。世の人みなに、この全体を読み、深く考えてもらいたい歌集である。

あとがき

１９９９年10月のことです。当時読者通信員としてかかわっていた宅配フリーペーパーの通信員仲間で駅前の薬店の奥さんである知人から、「私の作品が載っているの」と五行歌本誌を渡されました。それを読んで、「これこそ私が求めていたもの！」と感じて、すぐさま巻末にある連絡先に電話をして、五行歌の会の会員になりました。現在22歳の下の子が生まれて２ヶ月のときです。それ以来五行歌は、私の生活のなかでおおきな希望となっています。

私には二人の息子がいますが、上の子は自閉症という障害を持っています。そのため私には自由な外出が難しく、休日に開かれる歌会に出ることは長い間私の叶わぬ夢でした。本誌への投稿と、大阪歌会への欠席投稿、そしてごくたまに思い切って参加する新春合同歌会などが、私に開かれた五行歌の世界への扉でした。

その後地元でご縁をいただき、2005年9月、子育て仲間に呼びかけて、子どもたちが学校や園に行っている平日午前中に「ミニ歌会」の活動を始めました。当初「子どもが熱を出したら集まれないから」と広報もできず、知人友人数人で行っていた活動ですが、やがて1年間の中断をはさんで仲間も増えて、約10年続いて100回になったのを機に、2016年3月「ひらかた歌会」として正式に発足しました。五行歌の活動を始めるきっかけになった市内の男女共生フロアの部屋で、8月を除き毎月歌会を開いています。

五行歌が私の頭に浮かぶのは、この歌集のなかにもちらと出てきますが、子どもを園や学校に送る帰り道でということが多かったです。言葉が浮かぶと携帯を出して入力し、メールで自宅のパソコンに送り、後に推敲して投稿しました。また、「アッキーの五行歌★夢日記」というブログを作り、毎日のように作品をアップしていきました。

そんな作品のなかから、2009年秋、作歌10年の区切りとして、『五行歌自選小歌集　緑の星』と題して手作り出版で本をつくり、同時に電子書籍化しました。(現在もAmazon、楽天Koboで、入手できます。)そしてその後につくった、2008年末から2021年5月までの作品をまとめて、このたびそらまめ文庫から『コケコッコーの妻』として上梓することができました。

生活のなかで日々生まれてくる思いやつぶやきを五行に書いて残していく。そうして生まれたたくさんの作品のなかから歌集に載せるものを選ぶのは楽しい作業でした。でも、選んだはいいけれど、雑多なテーマの作品たちをどうやってまとめたらいいのかなぁ。心配したのですが、「あのうたにはこれがいいなぁ」と章のタイトルがふと浮かび、「仲間どうしだね」と作品たちが自然に集まって、22の章立てで並びました。

五行歌への思い、私って何？　という問いかけ、障害を持つ息子のこと、つれあいのこと、毎日の暮らしのなかで浮かんでくる心のつぶやきや、恋に恋するような思い、四季の自然に感じて心に浮かぶ思い、さらにニュース報道で知る世界への思いなど、テーマは様々。時にハチャメチャ、語り口も味わいも章ごとに異なる、275首の五行歌をお楽しみいただければと思います。

さて、桑本明枝という筆名は、私の旧姓です。この名前は、姓名占いで「才色兼備」というとてもいい画数で、「但し、独身運が強い」とされています。実際私が結婚したのは35歳。最後の「独身運」だけが当たっているんだよなぁと苦笑しつつ、そんないい名前を眠らせてしまうのはもったいないと「再利用」しました。また、うたはフィクション、そのままの事実を書くわけではないのですが、でもひとはどうしても「書いてある、これ、全部ほんと」と思いがちです。その辺をカバーするために、かなり珍しい名前である本名をさらすのを避けるという意味合いもありました。さらにもう一つ、初恋のひとがどこかで私の名前を見つけてくれたらなぁ、なんて。

障害を持つ上の子が学齢期の間、今のように放課後等児童デイなどの制度はなく、障害児の母が外で働くことはかなり難しく、私は在宅でできる仕事をずっとやっていました。また、息子のサポートで人に頼ることも多く、特に遠方の高校に通学していた3年間は、朝夕の送迎で、有償無償のボランティアさんに毎日お世話になり、送迎の「シフト表」を作ったり、それぞれの方への交通費などの手渡し、毎月の通信の発行など、「事業化しなさい」と言われるほど、がんばってきました。そして息子が高校を卒業し事業所に通所するようになると帰宅時間が安定し、57歳で私はようやく外で働けるようになりました。送迎車の送り迎えで息子が通所している9時から午後4時までが私の通勤+仕事時間です。最初は教育関係の仕事をしていましたが、今は障害者施設で生活支援員をしています。コロナ禍でも福祉の仕事は変わりなく、一方外出等の支出は減って、おかげで念願の歌集発行が叶いました。

跋文を書いてくださった草壁焰太主宰、歌集制作をしたいと打ち明けると励ましてくださった三好叙子副主宰、原稿の編集校正で真摯な助言をくださった水源純さん、抜群のセンスで装丁をしてくださった井椎しづくさんには、たいへんお世話になっています。表紙絵は、高槻市在住の梅田洋一さんから1993年酉年の年賀状の絵を提供していただきました。

拙い歌集ですが、お読みくださった皆様には心より感謝申し上げます。

これからも作品を作るなかで、自分自身を鋭く豊かに形作っていければいいなぁと思います。一人ひとりが、自らを自由に表現し、語り合い、交流していけば、互いの差異を知り、認め合い、尊重し合える、真に豊かな社会が実現できるのではないでしょうか。そんな夢を胸に、たのしくいきいきと、自らの生をうたい続けていきたいと思っています。

桑本明枝

2021年7月

五行歌五則 [平成二十年九月改定]

一、五行歌は、和歌と古代歌謡に基いて新たに創られた新形式の短詩である。

一、作品は五行からなる。例外として、四行、六行のものも稀に認める。

一、一行は一句を意味する。改行は言葉の区切り、または息の区切りで行う。

一、字数に制約は設けないが、作品に詩歌らしい感じをもたせること。

一、内容などには制約をもうけない。

五行歌とは

五行歌とは、五行で書く歌のことです。万葉集以前の日本人は、自由に歌を書いていました。その古代歌謡にならって、現代の言葉で同じように自由に書いたのが、五行歌です。五行にする理由は、古代でも約半数が五句構成だったためです。

この新形式は、約六十年前に、五行歌の会の主宰、草壁焰太が発想したもので、一九九四年に約三十人で会はスタートしました。五行歌は現代人の各個人の独立した感性、思いを表すのにぴったりの形式であり、誰にも書け、誰にも独自の表現を完成できるものです。

このため、年々会員数は増え、全国に百数十の支部があり、愛好者は五十万人にのぼります。

五行歌の会 https://5gyohka.com/
〒162-0843 東京都新宿区市谷田町三―一九
川辺ビル一階
電話 〇三(三二六七)七六〇七
ファクス 〇三(三二六七)七六九七

桑本 明枝（くわもと あきえ）
本名・豊高明枝（とよたか・あきえ）

1958年大阪府生まれ。大阪府枚方市在住。障害者福祉施設非常勤職員。翻訳者、市民ライター。
1999年　五行歌の会会員
2001年　五行歌の会同人
2016年　五行歌ひらかた歌会発足
代表を務める。
著書に、『五行歌自選小歌集　緑の星』（2009年・とれぶ出版部）、エッセイ集『言いたい放題！アッキー28号　機械の友だち』（2016年）、エッセイ集『言いたい放題！アッキー28号2　愛のききみみ頭巾』（2018年）、訳書に、『変化を起こせ　未来を担う若い障害者リーダーを育てるために障害当事者団体にできること』（共訳・2013年・無料配信）、『インクルーシブ教育の輝ける実例～可能性のスナップショット～』（2015年・無料配信）がある。全て電子書籍としてAmazonと楽天Koboにて購入またはダウンロード可。
ブログ「言いたい放題！アッキー28号」、五行歌ブログ「アッキーの五行歌★夢日記」も更新中。

メール　akkie.toyotaka@gmail.com

そらまめ文庫 く 2-1

五行歌集　コケコッコーの妻

2021 年 9 月　5 日　初版第 1 刷発行
2023 年 2 月 15 日　初版第 2 刷発行

著　者　　桑本明枝《くわもとあきえ》
発行人　　三好清明
発行所　　株式会社 市井社
〒 162-0843
東京都新宿区市谷田町 3-19 川辺ビル 1F
電話　03-3267-7601
https://5gyohka.com/shiseisha/

印刷所　　創栄図書印刷 株式会社
装　丁　　しづく

ISBN978-4-88208-189-0　C0292

そらまめ文庫

い 1-1	白つめ草	石村比抄子五行歌集
い 2-1	風　滴	唯沢遥五行歌集
お 1-1	だいすき	鬼ゆり五行歌集
お 2-1	だらしのないぬくもり	大島健志五行歌集
お 3-1	リプルの歌	太田陽太郎五行歌集
か 1-1	おりおり草	河田日出子五行歌集
く 1-1	恋の五行歌　キュキュン200	草壁焰太　編
こ 1-1	雅 —Miyabi—	高原《こうげん》郁子《かぐわし》五行歌集
こ 1-2	紬 —Tsumugi—	高原《こうげん》郁子《かぐわし》五行歌集
こ 1-3	奏 —Kanade—	高原《こうげん》郁子《かぐわし》五行歌集
こ 2-1	幼き君へ〜お母さんより	小原さなえ五行歌集
さ 1-1	五行歌って面白い　五行歌入門書	鮫島龍三郎　著
さ 1-2	五行歌って面白いⅡ　五行歌の歌人たち	鮫島龍三郎　著
さ 1-3	喜劇の誕生	鮫島龍三郎五行歌集
な 1-1	詩的空間　—果てなき思いの源泉	中澤京華五行歌集
み 1-1	一ヶ月反抗期　14歳の五行歌集	水源《みなもと》カエデ五行歌集
や 1-1	宇宙人観察日記	山崎　光五行歌集
ゆ 1-1	きっと　ここ　—私の置き場—	ゆうゆう五行歌集

※定価はすべて880円（10%税込）です